Vente du Mardi 1er Juin 1880,

HOTEL DROUOT, SALLE N° 9

Collection de M. de L***

OBJETS D'ART

ET DE

HAUTE CURIOSITÉ

PIÈCES RARES DU MOYEN AGE ET DE LA RENAISSANCE

EXPOSITIONS

PARTICULIÈRE	PUBLIQUE
Le Dimanche 30 Mai 1880.	Le Lundi 31 Mai 1880.

DE UNE HEURE A CINQ HEURES.

COMMISSAIRE-PRISEUR	EXPERT
Me CHARLES PILLET	M. CHARLES MANNHEIM
10, rue de la Grange-Batelière.	7, rue Saint-Georges.

CATALOGUE

DES

OBJETS D'ART

ET DE

HAUTE CURIOSITÉ

PIÈCES RARES DU MOYEN AGE ET DE LA RENAISSANCE

Armes occidentales des XV⁰ et XVIᵉ siècles;
Orfèvrerie antique et du moyen âge; Sculptures en marbre des XVᵉ et XVIᵉ siècles;
Médailles artistiques et bronzes italiens; Pièces armoriales en bois sculpté;
Beau et grand Plat en faïence italienne du XVᵒ siècle;
Tapisserie historique du XVIᵉ siècle; Objets divers;

Grande Table à éventail, sculpture française du XVIᵉ siècle;
Beau Bas-relief de Luca della Robbia;

Magnifique suite de douze grands émaux de Limoges, formant oratoire,
de l'Époque de Henri II.

*Composant la Collection de M. de L***,*

ET DONT LA VENTE AURA LIEU

HOTEL DROUOT, SALLE N° 9

Le Mardi 1ᵉʳ Juin 1880,

A DEUX HEURES

Par le ministère de Mᵉ **CHARLES PILLET**, Commissaire-Priseur,
10, rue de la Grange-Batelière,

Assisté de **M. CHARLES MANNHEIM**, Expert, 7, rue Saint-Georges,

Chez lesquels se trouve le présent Catalogue.

EXPOSITIONS }
PARTICULIERE : le Dimanche 30 Mai 1880,
PUBLIQUE : le Lundi 31 Mai 1880,
DE UNE HEURE A CINQ HEURES

CONDITIONS DE LA VENTE

La vente se fait au comptant.

Les acquéreurs paieront *cinq pour cent* en sus des enchères applicables aux frais.

L'exposition mettant le public à même de se rendre compte de l'état des objets, il ne sera admis aucune réclamation une fois l'adjudication prononcée.

Paris. — Typ. Pillet et Dumoulin, 5, rue des Grands-Augustins.

DÉSIGNATION DES OBJETS

ÉMAUX, BIJOUX, ORFÈVRERIE

ET PEINTURE

1 — Très belle et importante suite de douze pièces rec-
tangulaires en émail de Limoges, provenant d'un
oratoire de l'époque de Henri II. xvie siècle.

Pierre Raymond, de 1547 à 1550 (la meilleure
époque du maître).

Dimensions uniformes des plaques. H., 0,217 m.;
larg., 0,160.

2 — Vénus et Adonis. Émail de Limoges sur paillon,
par Jean Limousin. xvie siècle.

Cette pièce, d'une grande fraîcheur, porte son enca-
drement primitif.

3 — Paire de boucles d'oreille en or, finement ciselées,
cariatides d'Eros, surmontées de grenats. Bijouterie
antique de la Syrie.

4 — Petite croix en cristal de roche, garnie de perles,
avec Madone et viroles en argent émaillé. xvie siècle.

5 — Ceinture d'orfèvrerie, en cuivre doré, de la fin du
xvie siècle.

6 — Diptyque en forme de boîte octogone. Orfèvrerie
émaillée de Venise sur cuivre, avec sujets intérieurs
gravés. XVIe siècle.

7 — Reliquaire d'argent, avec parties dorées, forme de
monstrance, sur pied à huit lobes. Timbré d'un écu
écartelé d'hermine et de lis.
Orfévrerie française du XVe siècle.

8 — Figure de saint Jacques, sur fond d'or, dans un
cadre d'architecture à pignon, par Machiavelli, 1463.
Haut., 1^m,63.

9 — Miniature française, sur vélin de l'époque de
Louis XIII : Saint Bruno en extase. Très fine bordure
en guirlandes de fleurs et de fruits.

ARMES ET ACCESSOIRES

10 — Grand pavois d'arbalétrier, du XVe siècle, à longue
cannelure verticale, muni de ses énarmes ; il est cou-
vert de toile et doublé en peau de truie. L'extérieur,
entièrement peint, est décoré de deux blasons sur les
parties latérales. Reproduit par Viollet-le-Duc dans
son *Dictionnaire du Mobilier*. Haut., 1^m,05.

11 — Petite rondache à ombilic rayonnant, en fer clouté
de cuivre rouge et monté sur peau de cerf. Fin du
XVe siècle.

12 — Armet de guerre à joues obliques, portant le timbre
aigu des bacinets. Le mézail manque. Premières
années du xve siècle.

13 — Armet de guerre à rondelle avec mézail aigu, dit
bicoquet. Fin du xve siècle.

14 — Petite salade de guerre avec oreillettes à écailles.
Fin du xve siècle.

15 — Bavière articulée avec attache de maille et boucle.
Provient d'une salade de guerre. xve siècle.

16 — Plastron de cuirasse muni de son fancre. Commen-
cement du xve siècle.

17 — Langue de Lœuf à longue lame, montée en corne,
avec garnitures de cuivre. Fin du xve siècle.

18 — Cimeterre italien. La garde et le pommeau en fer
ciselé. La lame, à deux cannelures gravées, porte des
traces de dorure. Fin du xve siècle.

19 — Curieuse et large lame de cimeterre italien, portant au talon une gravure chargée d'arabesques et
d'armoiries. Type très rare, dont l'analogue se trouve
dans la main du Persée de Benvenuto Cellini.
xve siècle.

20 — Longue rapière italienne à coquille double repercée. Belle lame de 1^m,26, portant le nom de l'armurier Sanagume. Époque Louis XIII.

21 — Épée à demi-coquille noire montante et à branches
ondulées. Époque Louis XIII.

22 — Courte épée italienne à petite coquille relevée. La
lame porte la marque de l'armurier Scacchi. Fin du
xvie siècle.

23 — Épée de chasse ; lame à dos de scie gravée, portant
l'inscription :

> Pour un plaisir mille douleurs
> Ont les amants et les chasseurs.

Monture en bronze doré. Époque Louis XV.

24 — Garde d'épée en bronze avec figures de lions et
dauphins. xviie siècle.

25 — Dague italienne. Garde à anneau et à quillons
droits. Lame striée et repercée. xvie siècle.

26 — Dague italienne à pommeau plat strié. La lame, à
nervures saillantes, porte des restes de dorure.
xv siècle.

27 — Dague en fer noir à branches recourbées. Lame
très endommagée. xvie siècle.

28 — Arme de cérémonie des gonfaloniers de Sienne.
Les doubles croissants, en forme de lyre, sont ornés
d'appliques saillantes de mufles de lion. Type rare du
xvi° siècle.

29 — Corsèque italienne de grand modèle. Commence-
ment du xvi° siècle.

30 — Fauchart italien à viroles de cuivre. Même époque.

31 — Épieu de guerre à ailerons. xv° siècle.

32 — Marteau d'armes italien, gravé. xvi° siècle.

33 — Grand couteau de vénerie, avec sa gaîne richement
garnie de cuivre ciselé à figures. xvii° siècle.

34 — Couteau corse, à lame ajourée au dos du talon ;
poignée en corne cannelée. xviii° siècle.

35 — Belle arbalète à jalet munie de sa corde, avec garnitures en fer ciselé. L'arbrier est orné d'un groupe
d'enfants en ronde-bosse. xvii° siècle.

36 — Lance de tournoi à fût cannelé et décoré de pein-
tures. xvi° siècle.

37 — Autre lance de la même époque.

38 — Grande rondelle d'une lance de tournoi c'outée de
cuivre. Fin du xv⁰ siècle.

39 — Très élégant amorçoir en bois des îles, plaqué de
nacre et ivoire, finement incrusté et gravé. Au centre
une Vénus marine. Travail allemand du xvı⁰ siècle.

40 — Petit pulverin à sujets guerriers surmontés de trophées. Travail vénitien en bronze doré et émaillé,
ajouré sur velours rouge. Fin du xvı⁰ siècle.

41 — Petit amorçoir, forme gourde, en marqueterie
d'ivoire. Fin du xvı⁰ siècle.

42 — Poudrière en corne d'élan, à sujet en relief.
xvıı⁰ siècle.

43 — Clef d'arquebuse formant amorçoir, avec tourne-vis,
en fer ciselé, à dauphins. xvı⁰ siècle.

44 — Beau porte-épée en broderie de filigrane de fer, ap-
pliquée sur cuir. Le crochet et les bouches ciselés.
Pièce rare. xvı⁰ siècle.

45 — Ceinture en cuir d'épée allemande, du xv⁰ siècle,
avec boucle et quatre anneaux d'attache en fer.

46 — Crochet d'épée espagnole, monté sur cadran gradué
en fer ciselé et gravé. Époque Louis XIII.

47 — Deux lames d'épées de cour, gravées et dorées.
Époque Louis XV.

48 — Yatagan albanais. Poignée en morse à grands ailerons, garnie de corail. Lame finement damasquinée à
inscriptions. Fourreau en argent repoussé à rinceaux
et trophées, avec bagues en filigrane.

CUIVRES ET BRONZES

49 — Petit plat en bronze fondu et ciselé, représentant le
Triomphe de Constantin. La bordure, d'un bon style,
est ornée de mascarons et de figures de guerriers dans
des cartouches. Beau travail italien.

50 — Grande aiguière en forme de lion. Dinanderie du
XIII° siècle.

51 — Autre semblable, mais plus petite. Même époque.

52 — Lion en bronze. Pièce de dinanderie ayant servi de
support. Belle patine, XII° siècle.

53 — Sonnette italienne en bronze. Ornements en relief
d'une grande finesse. Elle porte la date 1598.

54 — Figure assise en bronze de haut-relief représentant
sainte Catherine de Bologne couronnée. Italie,
XV° siècle.

55 — La Vierge et l'enfant Jésus, supportés par un groupe d'anges. Bronze italien à cire perdue. xvi° siècle.

56 — Figure d'enfant en prière. Bronze italien du xvi° siècle.

57 — Figure d'enfant debout, tenant une corne d'abondance. Même époque.

58 — Encrier cylindrique à ceinture d'arabesques, en relief. Bronze italien du xvi° siècle. Il porte la marque du fondeur.

59 — Tête de cerf en bronze. xvi° siècle, travail français.

60 — Pommeau de cimeterre à tête de tigre, bronze. xvii° siècle.

61 — Plaque d'applique de haut-relief en bronze doré, représentant sainte Madeleine. Italie, fin du xiv° siècle.

62 — Médaille en bronze, de haut-relief. Mars et Vénus sur un fond semé de feuillages, de banderoles et d'attributs guerriers. Italie, xvi° siècle.

63 — Plaquette en relief, représentant la Victoire. Signée IO. F. F. Italie, xvi° siècle.

64 — Médaille en cuivre émaillé, de Julien de Médicis.
xvi° siècle.

65 — Plaquette en cuivre, à gravure champlevée figure de
guerrier entourée d'arabesques et d'animaux. Italie,
xvi° siècle.

66 — Le pape Jules II. Gravure originale sur acier, par
Hopfer.

SCULPTURES

67 — Grande et belle table à éventail, avec rallonges en
noyer. Les côtes sont sculptées de chimères à tête de
femme, mascarons et larges feuillages. Travail de la
Renaissance française dans son état primitif.
Long., 1ᵐ, 65 cent.

68 — Grand panneau armorial provenant d'un palais de
Nuremberg. Le sujet est un heaume de joute avec
lambrequins et haut cimier ; il porte deux timbres d'ar-
moirie. La bordure chargée d'inscriptions, datée de
1491.

69 — Panneau armorial. Sculpture peinte sur noyer,
avec inscription. xvi° siècle.

70 — Deux figures de donateurs, mari et femme, très fine
sculpture peinte et dorée sur bois, avec fond d'architec-

ture et de paysage. Travail allemand de la première
moitié du xvi° siècle.

71 — Cornet à boire pour la chasse, en bois gravé et marqueté d'ivoire, affectant la forme d'une crosse de pistolet. Travail allemand de la fin du xvi° siècle.

72 — Devant de tabernacle, avec figures encadrées dans
des motifs d'architecture, formant triptyque. Travail
en marbre blanc de l'Italie du nord. xiv° siècle.

73 — Figure de sainte couronnée, tenant un livre, marbre blanc italien du xiv° siècle. Haut., 0ᵐ,64 cent.

FAIENCES ET TERRE CUITE

74 — Lucca della Robbia : saint Christophe traversant le
torrent. Haut-relief de forme cintrée, entouré d'une
guirlande de fruits sur un cul-de-lampe chargé d'arabesques en partie dorées et d'un blason aux armes des
Vitelleschi. Italie, xv° siècle.

75 — La Sainte Famille. Bas-relief cintré en terre cuite de
l'école de Michel-Ange. Italie, xvi° siècle. Haut.,
0ᵐ, 40 cent.

76 — Grand plat en faïence, à sujets de chasse ; origine
de la fabrique de Faenza. Spécimen remarquable des
produits de la céramique italienne pendant la première moitié du xv° siècle. Diam., 0ᵐ,44 cent.

77 — Plat à reflets en faïence de Gubbio. Au centre,
saint Jérome en prière. Bordure palmée à bosselages.
xvie siècle.

78 — Vase en faïence bleue pâle, à réseaux et godrons.
Fabrique della Robbia. xvie siècle.

79 — Cornet de pharmacie, en ancienne faïence de
Faenza.

80 — Fontaine de forme sphérique, en faïence italienne.
Fabrique de La Frata.

USTENSILES, JEUX

ET INSTRUMENTS DE MUSIQUE

81 — Coffret à couvercle cintré en cuir ciselé entièrement
gravé de scènes du Nouveau Testament et ferré de ban-
des découpées à jour. Travail français du xve siècle.

82 — Trousse italienne en cuir bouilli, à reliefs estampés
et ciselés, avec blason. Elle contient une cuillère et
une fourchette en fer. xvie siècle.

83 — Couteau de table à lame dorée et gravée, avec le
benedicite noté en musique. Manche en ivoire gravé.
Travail italien du xvie siècle.

84 — Gravouere surmonté d'un lion. Ivoire du xive siècle.

85 — Flambeau arabe, en bronze du xve siècle. Belle patine ancienne.

86 — Coupe persane à couvercle en cuivre gravé. Travail ancien.

87 — Jeu étrusque de Latrunculi, composé de vingt-cinq pièces renfermées dans un étui. Provient des fouilles de Corneto.

88 — Jeu de tarots, composé de soixante-dix-huit cartes. Fabrique de Besançon.

89 — Planche de cartier, de douze figures gravées sur noyer.

90 — Grande trompette de hérault d'armes, à viroles et pavillon gravés. Elle porte l'inscription : « Daniel Kodisch in Nurnberg macht. » Fin du xvie siècle.

91 — Guitare siamoise, genre mandore, 1m,45 de hauteur, à quatre cordes et quatre chevilles en ivoire, très élégante de forme.

OBJETS DIVERS

92 — Grande et très riche aumônière saxonne, en cuir rouge et blanc, avec onze poches garnies de lacets et passementerie ; les intérieurs sont brodés d'écussons

aux armes des diverses provinces de l'Allemagne. Cette pièce est, comme l'indique l'inscription, un chef-d'œuvre de maîtrise de la corporation des boursiers de Freyberg. Elle est datée et signée du nom de Joh. Andr. Reichell. xvııᵉ siècle.

93 —. Autre aumônière en peau de cerf, richement brodée d'armoiries et de passements en soie verte. Même époque.

94 — Fermoir d'escarcelle en fer. Tourillons à boules. xvıᵉ siècle.

95 — Fermoir d'escarcelle en fer repercé. xvıᵉ siècle.

96 — Clef gallo-romaine en bronze ; anneau à trèfles, et autre clef en bronze, de l'époque carlovingienne.

97 — Grande clef de bahut à rosace finement repercée à jour. Travail vénitien du XVIᵉ siècle.

98 — Targette en fer estampé, au chiffre de Henri II, surmonté de la couronne royale. xvıᵉ siècle.

99 — Boîte cylindrique en bois peint, décorée des figures de saint Jérôme et saint Barthélemy, soutenus par des anges. Italie, fin du xvᵉ siècle.

TAPIS ET ÉTOFFES

100 — Chasuble en velours rouge ciselé avec parties dorées. Les orfrois à figures brodées or et soie. Italie, xvᵉ siècle.

101 — Tapisserie à fond bleu fleurdelisé. Fragment d'une tenture exécutée pour la connétable de Bourbon, mort en 1527.

102 — Gants d'évêque, en satin rose, avec broderies emblématiques. xviiᵉ siècle.

103 — Tapis oriental en marqueterie de laine brodée en soie. xviiᵉ siècle.

www.ingramcontent.com/pod-product-compliance
Lightning Source LLC
LaVergne TN
LVHW012132170726
843501LV00008BC/3154